U0609710

房伟 著

余墨

天津出版传媒集团

百花文艺出版社

图书在版编目（CIP）数据

余墨 / 房伟著. -- 天津：百花文艺出版社，2025.
3. -- (百花中篇小说丛书). -- ISBN 978-7-5306-9045-
1

Ⅰ. I247.5

中国国家版本馆 CIP 数据核字第 2025NQ4931 号

余墨

YU MO

房伟 著

出 版 人： 薛印胜　　**选题策划：** 汪惠仁

编辑统筹： 徐福伟　　**责任编辑：** 齐红霞

特约编辑： 曾南玉　　**装帧设计：** 任　彦

出版发行： 百花文艺出版社

地址： 天津市和平区西康路 35 号　　**邮编：** 300051

电话传真： +86-22-23332651（发行部）

　　　　　　+86-22-23332656（总编室）

　　　　　　+86-22-23332478（邮购部）

网址： http://www.baihuawenyi.com

印刷： 山东临沂新华印刷物流集团有限责任公司

开本： 700 毫米×980 毫米　　1/32

字数： 42 千字

印张： 3.75

版次： 2025 年 3 月第 1 版

印次： 2025 年 3 月第 1 次印刷

定价： 32.00 元

如有印装质量问题，请与山东临沂新华印刷物流集团有限责任
公司联系调换

地址：山东省临沂市高新技术产业开发区新华路 1 号

电话：(0539)2925886　　邮编：276017

房伟 / 作者

1976年出生于山东滨州。文学博士、教授、博士生导师,中国作协会员、中国现代文学馆客座研究员、"青蓝工程"中青年学术带头人、第八届鲁迅文学奖终评委。有学术著作《王小波传》《九十年代中国长篇小说宏大叙事研究》等八部,另有长篇小说《英雄时代》《血色莫扎特》《石头城》、中短篇小说集《猎舌师》《小陶然》等,曾获茅盾文学新人奖、百花文学奖、紫金山文学奖、汪曾祺文学奖等奖项,曾入选收获文学榜、中国小说排行榜等。现执教于苏州大学文学院。

一

周六深夜，我坐最晚一班高铁，回梁城。

黑黢黢的，透过银灰色窗帘，夜闪着灯火，有无数故事和人生，都和我不相干。

梁城是北方的一座大中型城市，梁城大学是该地唯一的 211 重点大学。硕士研究生毕业之后，我从未回去过。也没啥，就是不想动。

无聊数着窗外光点，一个、两个、三个……还是无法睡去。天太热，夜也不能让它冷静，我们都是焖在锅里的鱼。我央求服务员把空调温度弄低点，勉强昏睡过去。不一会儿，又觉得冷，抹着脸上的凉汗，顺手滑开了手机。

打开视频网站，粉丝们都抱怨，等我讲"大宋高梁河惨败"呢，怎能说停就停。

我打开自拍，炫了车厢昏暗的情形，再转向疲惫的脸，说，阿丹真没法，过几天补上，等不及的老铁，可去网站看付费网文，或买实体书瞧。

我是历史栏目主播，也写穿越网文，虽是中年大叔，还不是"大神"，只是有些粉丝，勉强糊口。我叫周丹，粉丝们都自称为"丹粉"。

网上溜了会儿，又困了，准备关机，师妹高晓菲的微信来了。她问我到哪里了，并让我一下车，就赶到梁城大学招待所，先安顿下，再来导师家里。

我还是自己选地方吧，不想离学校太近。我回复说。

晓菲有些不快，过了半天，又发微信，说，随你吧，就你各色难搞，大家都住那里。你在别的地方住，票据留好，我们统一报销。晓菲强调。

我是无业游民，没法处理费用，理解师妹的好意。

高晓菲留校后，先当辅导员，又读了导师的博士，毕业后，转入教师岗。这些年下来，她成了女性史专家、教授、博导，只是醉心学术，个人生活就惨淡了些，读博士时还有男生追求，她说要先评副教授。评上了副教授，她又说要先评教授，不能耽误写论文与做项目。不知不觉，追求者都跑了，晓菲也已四十多岁，有些"美人迟暮"的意思了。

还有两小时到梁城。

坐夜车有种恍惚迷离的感触，好像一下子进

入某种叠加的宇宙空间。所有过去、现在和未来的人和事，都有可能在这里不断并置发生，不断被重演。二十年一梦，穿梭而过，窗外的灯火中，我看到多年前的同学们，谷墨、高晓菲、程济，还有慈祥的导师，他们都飘浮在我似睡非睡的记忆里……

二

　　二十一世纪初，我读硕士研究生时，赶上高校扩招。我们这届硕士研究生，招了二十多人，创下历史系建系最高峰。后来历史系与其他院系合并，成立梁大社会与历史发展学院，但历史学继续高歌猛进，也是梁大唯一入选国家重点学科的文科专业，享有盛誉。

　　这些成就，都与导师容焕余有着密切关系。

　　导师学历不高，不过专科毕业。他曾在中学教书多年，因学术优异，短暂被调入梁大，旋即被打成异己分子，下放甘肃。二十世纪七十年代末，他重回梁大，著书立说，大放异彩，几乎以一己之力，独撑起梁大中国史的学界地位。

二十多年了,依然难忘那一幕。"现代历史学研究的理论与方法",是硕士研究生一年级的必修课。秋天的下午,天高气爽,窗外的梧桐树摇曳,教室走进一位头发花白、腰杆笔直的先生。阳光从窗子爬进,金粉般在那人肩头散去,为之笼罩上一层神秘感。他又瘦又高,整个人有出鞘之剑的挺拔感。特别是他的眼,激情中有淡泊,理智之余又含戏谑,让人捉摸不透。后来我回想导师给我留下的第一印象,总觉得真正的历史学家,就该如此。

导师从兰克、卡尔的现代史学讲起,讲到吉本的《罗马帝国衰亡史》,再讲到布罗代尔、拉杜里等年鉴派史学家,以及海登·怀特的后现代史学。他还从梁启超的"中国现代史观念"讲起,从胡适、傅斯年讲到顾颉刚、吴晗与翦伯赞。他带有安徽亳州的方言，我们听来吃力，但他嗓音洪亮，穿透力强，教室回荡着他慷慨激昂的声音。

我们听得入神，下课铃响了，也没人关注。大家鸦雀无声，全神贯注地听着年过半百的导师，讲治学理念和亲身感受，生怕打断了他。

历史是什么？导师打住，目光炯炯地盯着所有同学。

答案五花八门，导师摸了摸下巴，说，历史是由血、火、人类的罪行和愚蠢组成的。

底下炸了窝。大家议论纷纷，几个学生跳出来，和导师辩论。有的说历史是进步的，有的说历史是循环的，导师淡淡地说，你们还年轻，有热情，但现实和理想有差距。后来我们晓得，那句话是历史学家吉本所说，导师言来，似有无数创痛体验。

导师说，以学术为业，是一条艰难之路，没有鲜花与掌声、美女与金钱，我们更多面对的是孤独寂寞，还有就是贫穷，"穷酸书生"，说的就是我们这些人！

大家哄堂大笑，晓菲插话说，您可不穷酸，您是著名专家。

导师没再辩解，在黑板写下一行漂亮的粉笔字，说，送给大家，诸君与我共勉。

我和谷墨是同桌。我们都非常激动。谷墨敲着桌子，瘦长的手指，紧张得发抖，我问他怎么了，他喃喃地说，学者当如是！有此师为榜样，此生足矣！

导师和蔼，如果不是课堂，也肯讲笑话。晓菲缠着导师，说讨教学问，最后却是让导师给她打高分,每次都是谷墨和程济出风头！她噘着嘴,扮着楚楚可怜,让导师无可奈何。我们不努力,他也发火,可女同学们有武器,就是泪水。只要被导师批评,晓菲就开始抽泣,最后变成梨花带雨的模样。导师便悻悻打住,说,这样不行的,女孩也要用功!

导师喜欢带我们爬山。小山在学校后面,不高,也不秀美,山上树木繁盛,山顶有小广场,是广场舞爱好者的圣地。登山活动,常安排在周六下午,那往往也是学术交流会。导师让我们每月上交读书笔记,也出题目让我们辩论。小广场就是辩论现场。有时导师也变得沉默而严肃。一次,他指着广场旁一个小凉亭,说,我被梁大的学生批斗,就站在这个地方。

凉亭很普通,在山的高处,有青石板,踩的人多了,光滑平整,看不出什么坑洼。

很多年过去了,我依稀记得,导师说那句话时的样子。他的眼神有些荫翳,山上的树木,将层层影子投下来,遮住了台阶,也遮住了他的眼。他当时看到了历史,却不能预见未来我们各自的前程。我硕士毕业后,分配到省史志办。史志办崔主任,对我百般打压刁难。我不拍马屁,也不送礼,还给他提了不少意见。他把我看作眼中钉。二○○八年,我辞职到上海,报纸、出版、电视台都混过,一事无成。

二○一一年,我重拾当年的写作爱好,网名是"磨牙的树懒丹"。我写穿越历史网络小说,业绩一度不错。网络作家压力大,每天更新万把字,我很懒散,总断更,粉丝封我为"东厂丹公公",有的甚至开骂。我气不忿，又做了自媒体，在视频网站讲中国史。我的口才还行，文案自己写，也直接讲自己的书。七混八混，也搞到点钱，在上海买了个小房。就是整天瞎忙，婚姻耽误了，晃来晃去，也到了四十大几岁。

我不在乎，痛快就好，只是无颜面对导师和同学。

也无所谓，我只和谷墨要好，这些年了，我们一直没断联系。

三

梁城大学招待所，早改成五星级的昊天大酒店。晓菲只是习惯这么叫，大学招待所叫什么"昊天"，总有些别扭。

临近毕业那段时间，赶上昊天大酒店开业。昊天大酒店就建在研究生宿舍对面。二〇〇三年初夏，我和谷墨打篮球，天快黑了，才回宿舍，走到昊天大酒店附近，憋得受不了，跑进去蹭厕所。我们鬼使神差，跑到昊天大酒店的地下三层，那里有个一百多平方米的休息大厅，里面全是等着上钟的"小姐"，密密麻麻的，好几百人。我们吓傻了，"小姐"们也愣了，齐刷刷地盯着我俩。我们窘得摆手，表示走错了，她们才扭过头，冷冷地抽烟、剔牙，不再搭理我们。

昊天大酒店地下二层是游泳池，地下三层是夜总会。我和谷墨惊魂未定地逃出昊天大酒店，逃回了宿舍。宿舍在三层，朝北的阳台，可看到昊天大酒店灯火辉煌的告示牌。阳台也是我和谷墨、程济等同学论道的好去处。一壶粗茶、一个主题，扯上大半夜，通常是历史与哲学话题。晓菲师妹也参加过"阳台学术神仙会"，每当她过来，谷墨的眼睛，都亮晶晶的……

到了梁城，已是凌晨。二十年了，昊天大酒店还是老样子，微明的晨曦中，巍然屹立，外体装修抵挡不住岁月侵蚀，剥落了不少瓷片。我莫名有些感伤，让出租车停在昊天大酒店旁边的丽景酒店，档次差了点,但也能住。我自己报销,这点骨气还是有的。

吃了点东西,眯瞪了一会儿,起身赶往导师家。导师住在学校北门的专家楼,人还未到,就看到楼前扎起的灵棚、院里撒落的纸钱。都是按安徽的风俗办的。已是凌晨四点多,时间尚早,微薄的光亮下,暑气悄悄升腾,驱散了清凉。响器尚未开工,院里站满了人,戳在那里,有的抽烟,有的互相寒暄。我见到了晓菲、程济他们几个同门。

都等你呢。晓菲冲我点头,她嗓音沙哑,眼也红肿得厉害,头发干枯,下巴尖尖的,人也佝偻着,有些瘦脱了相,想来导师的去世对她打击很大。

程济没和我说话,默默递上白花,又丢给我签名册。他这些年保养得不错,四十多岁了,看着像三十出头，白白胖胖的脸，没啥褶子。程济和谷墨一同留校，如今是中国史方向带头人，梁大社会与历史发展学院的院长，继承了导师衣钵。程济穿着黑色短衫，脸上不断淌汗，他擦着汗，拍拍我的肩膀，说，大作家，最近没少挣钱吧。

我刚想说点啥，他又旋风般跑开，联系青云山殡仪馆那边事宜。

晓菲拉过我，小声问，带了多少丧仪？

我说，五千元吧，不知大家都拿多少？

晓菲看看四周，又说，导师生前吩咐，不收钱，可师母说，同门可以。

导师去世前，专门叮嘱过家人和亲近弟子，不开追悼会，不收礼金，骨灰埋在安徽老家翠屏山下。家属和学校领导都不同意。导师有很高的学术声望和社会影响力，陈副省长专门做了批示，要隆重纪念，学校也要组织"容焕余学术国际研讨会"等系列活动，在海内外对学校几个重点学科进行宣传。

虽说导师是知名学者，不缺钱，可师母是农村妇女，没什么文化，导师几个子女，也没什么出息。女儿留在安徽，是中学教师；儿子跟着他们在梁城，学校看在导师面子，安排在后勤处；儿媳的工作也是导师找人安排的。导师住在学校专家楼，和师母、儿子、儿媳妇、孙女一起生活，一家人都依靠导师。如今导师不在了，家里收入自然大损，收点礼金也情有可原。导师一生维护学者尊严和形象，家属考虑问题更实际些。

导师住的专家楼，是套独栋三层别墅。导师的子女披麻戴孝,站在门口。一楼客厅门大开,师母枯坐在旁,手在颤抖,身体也在抖。灵堂已备下,前来慰问的人,先给导师遗像鞠躬,再和家属说上几句。同门们不仅鞠躬,还要跪下磕头。我也随着规矩。我将钱给了晓菲,其他同门也拿出来,让她一并代表。晓菲接过钱,刚与导师的儿子谈了几句,师母却兀自立起,冲过来,将个玻璃茶杯摔在晓菲脚下,冷冷看着她,哑着嗓子说,钱的事,不用你管!

众人愣住了,继而低声议论。晓菲窘得满脸通红,手足无措。旁边一个秃顶男人,挡在晓菲前面,说,师母太伤心了,大家别惹她老人家生气。说着,几个同门女弟子过来,围住师母,将她劝回座位。晓菲眼圈含泪,奔出门外。秃头男叹了口气,对我说,大作家别见怪。我这才看清,这位是高我两级的孟力行师兄。他毕业后,先在某普通高校教书,后来不知何等机缘,调去某部委工作,听说也是局级干部了。

孟师兄淌着热汗,白衬衫很快湿透了。他拉着我走出房间。天已大亮,太阳刺目,血色阳光直刺灵棚。丧乐大起,闷热的空气,仿佛胶水似的,乐声也无法搅动黏稠质感。一群人黑压压的,蚂蚁般黏附在这座小院。我走到树荫下,和孟力行寒暄。我们也多年未见。他胖了,当年有着颓废哲学家气质的瘦削身材,如今发起福,只剩下白净的四方脸、秃掉的脑袋,还有那种洞穿一切的自信眼神。

换个角度看问题,孟师兄侃侃而谈,不要被偏狭思路限制住,遭逢大变,导师家里难免乱套,我们要多体谅。

我想说些什么，只能咽到了肚里。不一会儿，同门陆续都出来了，聚在院外聊天，不常见的，互相加微信，敬烟，谈着各种资源和不同领域见闻。消息传过来，追悼会定在明天上午，中午程济安排，在昊天大酒店吃点饭。

我不在学术圈，也没啥资源，没人凑到我这里，只有孟师兄有一搭没一搭地和我说着话。他这些年虽然当官，但与学术界关系也没断，常到著名大学指导课题申请，以及博士生毕业答辩。他不和我谈官场，只谈学问，我没法和他应和。我这些年瞎搞，学问也疏懒，说起来惭愧，师兄一考校，不免张口结舌。师兄严肃地拍着我说，换个角度思考问题吧，就是创作，也要争取成为同时代人的代表，不能满足于挣几个小钱。

我说，孟师兄，从前你不那么装，如今当了领导，风格迥异，让人敬佩，现在的小孩喜欢克苏鲁和二次元风格作品，我这种贩卖历史故事的作家，勉强糊口罢了。

上午十时，人越聚越多，各级领导也赶来拜祭，少不了一番应酬。晓菲躲在灌木丛边哭了一场，又帮着张罗，也没再闹出风波。大家正商量，打车去昊天大酒店吃饭，程济风风火火地跑过来，径直走向我。我正诧异，他铁青着脸，说，你不能到谷墨那里，这是原则问题！

四

我和程济、高晓菲、谷墨是同级同门。论学问水平,谷墨最高,说起家世背景、人情世故,谷墨拍马也赶不上程济。程济的爷爷是厅级干部,父母是梁城大学中层领导,叔叔和姑姑也都在事业单位担任领导。程济从小就是优秀生,本科保送梁大。程济本被家族培养当公务员,可他志向高远,想在学界出人头地。程济基础扎实,为人虽有官家子弟的傲气,但处事圆滑,出去吃饭也抢着买单,在同学中人缘不错。程济曾担任梁大学生会主席,论文也拿了奖,发表在核心刊物,顺利保送导师门下,攻读硕士学位。导师也对他颇赏识。程济是梁大备受瞩目的学术新星。他的目标很明确，就是留在梁大，成为继导师之后的一代优秀学者。

这一切，都被谷墨的出现打破了。

谷墨出身北方小县城，父母是杜县附近的农民。他本科学机电，原在杜县冷库当工程师。可他从小热爱史学，即便读了工科，有机会读研，还是毅然辞职，报考了历史学。他被导师录入门下，纯属偶然，据说谷墨将硕士研究生复试现场，变成了学术演讲台，成功引起导师的注意。

入校半年，谷墨就展现出良好的学术天赋。他博览群书，过目不忘，阅读量惊人，对很多历史细节有精准记忆力。《通鉴纪事本末》等史学大部头，早读得烂熟，各类笔记野史，也涉猎极广泛，对晚清至民国的防疫制度，早有研究，入校前发表了数篇论文。他有敏锐的洞察力和问题意识,总能在新理论方法框架内发现历史秘密。他的英文不错,古文功底也好,能写古诗词,热爱明清小品,业余还将很多古文翻译成雅驯的英文,颇令人惊奇。

"冷库小子"谷墨在梁大迅速成名,广受瞩目。

我们被分在一个宿舍,谷墨在我的上铺。我拎着行李进来,他正在读书,只对我略点头示意,神情冷淡。接触多了,我却被这家伙的才华和学识折服。尽管,他常翻着白眼、冷着脸讲话,可一针见血。他珍惜时间,不去看电影、跳舞,也不找些年轻人的娱乐。他对同学们保持距离,但如需他帮忙,他总默默尽力,事后也不肯居功。他在图书馆帮人抄资料,给同学的论文提意见,还给家贫的同学捐款,女同学让他干个杂活儿,他也从不推辞。

给我印象深刻的,还有他的孝顺。梁大校园种满梧桐等几十种树木,土质非常好,植被长得茂盛。早上五点,谷墨拿着本英文书去操场,一边跑步,一边诵读。锻炼完了,他拿出罐子和小木铲,在操场周围搜寻蚯蚓。他说母亲偏瘫,有中医给出方子,要用蚯蚓泡酒。蚯蚓成药,在中药店价格不菲,他只能自己收集。校园洒满阳光,谷墨的汗水,顺着额角不断滑落,他扭动着瘦长身体,笨拙地在土里翻找,发现一条蠕动的黑蚯蚓,就欣喜地大笑。

　　我们也认识了高年级的师兄孟力行。他的做派和谷墨很像,总用电饭煲弄上一锅米粥,静静地躲在两个书架之间看书。如果你来谈学术,他非常欢迎;如果闲聊,他就指指书架上的字条:"闲谈不得超过三分钟",不再理你,全不顾访客的尴尬。孟师兄对我和谷墨是肯敷衍的,特别是谷墨。孟师兄抽着烟,眯起眼说,谷墨将来前途远大,嗯,不容易。

谷墨和程济的关系很紧张。导师的专业选修课,成了展示才华的战场。第一节课开始,程济就和谷墨较量上了,一个小问题,也唇枪舌剑,互不相让。导师对此很宽容。程济总是败多胜少,他很快就从谷墨略带讥诮的眼神中,确认了学术之路的绊脚石。

程济约同门聚会,我依稀记得,那是一家高档酒店顶层的旋转自助餐厅。程济说着漂亮场面话,矜持得体。优雅的环境、精美的食物,都让晓菲等几个女同学眼中,充满羡慕和兴奋神色。程济介绍龙虾的出处、烤肉的切法,特别是在梁城最高酒楼顶层俯视灯火辉煌的城市的快乐。程济说,我们都是梁城的精英,会成为这座城市塔尖看风景的人。

谷墨反唇相讥,说,学问家在经济社会没啥用,风景只在个人内心。如果要取得世俗意义的成功,要经商或当官,搞学问算个屁。

谷墨有点刻薄。他很在乎程济不经意间流露的优越感,及对他的冷库工程师身份的鄙视。谷墨早婚,在冷库时陷入一个温柔女工的爱情。他不顾家庭反对,毅然和女工结婚。他考上硕士研究生,女工很担心。谷墨身材高大,目光炯炯,充满激情和怀疑精神,才来了半年,就有不少女同学对他表示青睐。他毫不为所动,只对师妹晓菲,似乎颇有意思。这一点,我这个对感情不太敏感的笨人,都看得出来。晓菲是"林黛玉"型骨感美人,有些淡淡哀愁的古典风致,符合才子对女性的想象。谷墨看着晓菲,眼睛会笑,笑声会有光,光是蓝色的,蓝色的光也会变成金色的火,烧灼着他的理智。晓菲看着谷墨,眼里也有着光……

大家都看在眼里。晓菲刻意回避这份情感,态度模糊暧昧,反而激起谷墨的斗志。晓菲是师门女神,很多男同学都暗恋她,这也包括我和程济。当我发现谷墨和晓菲的暧昧关系,只是喝了场大酒,把谷墨骂了一顿。我督促他要先离婚,安排好家庭,再去追晓菲,否则就打掉他的门牙,和他绝交。谷墨极少在我面前谈起那个女工,但我知道,他们并非没有感情。女工的照片,被他贴在宿舍橱柜深处。女工温婉可人,眼睛很大很亮。

谷墨被我骂得狼狈,笑着点头。这种处于家庭责任与爱情之间的矛盾撕扯，给谷墨造成了极大痛苦。程济却从没有真正表白过感情。他善于掩饰。但当谷墨和晓菲亲密交谈，程济的脸也是惨白的，白得吓人。我看在眼中，深深为谷墨表示担心。我还从程济眼中看到了深深的忌惮。这是优秀生的通病。优秀得太久，站在潮头太高、太冷，早已习惯居高临下的优等生态度和悲天悯人的情怀。他们喜欢的不是学术，只是成功。有人威胁到他的成功，"见贤思齐"这类论调，在他们身上是不适用的。程济还有良好的家庭背景，也有钱。这些东西，让程济与谷墨的斗争，变得漫长而无趣。

五

从梁大到谷墨的家，打车要一个多小时。

谷墨住在梁师大东校区旧教职工公寓——幸福里。那是学校分给教师的福利房，价格比市面低，位置较偏远。谷墨从梁大调入梁师大，梁师大只给了安家费，他贷款在这里买了房。幸福里说是梁师大教师公寓，如今也没住着多少梁师大的人。早年分到房的老师，趁着房价翻了几次，都把这里卖了，在更高档的小区买了房。谷墨在梁大留校时，因为是本校毕业，和学校签了苛刻条件，不能要学校的福利分房。他也一直没买房，等调入梁师大，房价又飙了起来。谷墨很知足，他没啥钱，这房是他独立供的,房贷未还完。妻子和他离婚后,带着女儿,生活在距此数百公里外的杜县。

我从未来过这里,可在谷墨发的朋友圈,见过这房。谷墨简单装修后,命名为"墨斋",很是幸福了一阵子。

下午一点多,出租车停在幸福里。小区绿化还可以,房子老旧,远远望去,软绵绵地趴在那里,像一只只灰蒙蒙的、钢筋水泥的虫。谷墨住的那栋楼,就在小区偏僻角落,没有扎灵棚,只有楼道口摆着寥寥几个花圈,还有零散进出的、戴白花的人,显示这家人有白事。

这些人我都不认识。谷墨的中学和本科同学、老家杜县的亲朋好友,我都不熟悉。硕士研究生同学,一个也没来。两个面带戚容的女生,得知我的姓名后，招呼我进去。她们是谷墨在梁师大的学生。她们要给我戴白花。我在导师家里的白花，正好还在，省了不少事。

谷墨的遗照，选取的是一张黑白标准照。他正傻傻地看着我笑，目光全是戏谑，还是我二十多年前第一次看到他的模样。灵堂前，我鞠躬施礼，一个中年妇人，扶着个泣不成声的小姑娘，给我还礼。小姑娘瘦瘦高高，眼哭得红肿，依稀看去，有不少谷墨的影子。她应是谷墨的女儿谷金子。中年妇人很冷静，戴着墨镜，从面容上还能看出是谷墨的前妻，那个我记忆中的漂亮女工，只是已发胖，白皙的下巴隆起叠加。我曾听谷墨说，她也是颇有能力的女人，离婚前，就搭上县里一个搞房地产开发的小商人，在冷库辞了职，如今她是全职太太，那商人离了婚,和她生活在一起。她旁边站着个黑胖男人,应该是她现在的丈夫。那位房地产商人正忙着登记来宾姓名,帮着谷墨的学生收礼金。

你是周丹吧,女人说,谷墨说过,你是他最好的朋友,一定会来的。

我没说什么,想拿出准备好的白包,又想了想,问她,谷墨的其他亲人呢?

女人努努嘴,我这才注意,地上还蹲着个农妇打扮的人,面色黧黑,两手颤抖,拍打着地面,那双手红肿粗大,皱纹已开裂。我赶紧扶起她,轻声安慰。她是谷墨的姐姐,在家务农。她身后几个默不作声的、铸铁般黑硬的男人,大口抽着烟,是谷墨的姐夫和表哥。谷墨的父亲去世早,母亲患病卧床多年,也是无法来的。农村人见世面少,谷墨的几个亲人，想来也是对城市里的应酬比较怯场，这才委托谷墨的前妻在前面和众人周旋。

我掏出五千元礼金，悄悄塞在谷墨姐姐的怀里，说，给谷墨母亲的心意，并让她给我写了电话号码和地址，等闲下来，我要去他的家乡看看。

谷墨在梁大的同事，零星来了几个，都是鞠个躬，交了钱，就离开了，并声称事太多，无法参加追悼会。谷墨在梁师大的同事和学生，倒来了不少，尽管他在梁师大总共就待了六年。金辉院长很忙，没有过来慰问，说是明天直接去殡仪馆主持仪式。

我陪着谷墨的姐姐坐了一会儿。她讲了很多谷墨小时候的事。我安慰几句，见并没有打断她的回忆，就不再说什么。过了许久，她终于停下，茫然看看我，脸上浮现着神经质的苍白。我打起精神，表示还在听。她这才安定,继续讲谷金子的事。金子现在在杜县读中学,那几年,谷墨一直和前妻争夺抚养权,刚说好了,将她转到梁师大附中读书。梁师大附中是梁城最好的中学之一,可惜还未办好,人已经走了,此事到底如何处理,还要看学院的意见……

我踱步出了客厅,去谷墨的书房看看,那里有谷墨生命的痕迹。我在这里坐坐,短暂留住时间一会儿。两排实木打造的黑书橱,整整齐齐地摆放各类学术书籍。他最不能容忍学者有个凌乱的书架,读研时他就这样,书架一尘不染,谁也不让动。第二层中间,有我前几年出版的一本历史小说,扉页还留着我写给他的话——致学术孤勇者大墨兄。书的页面留着些污渍,我能想象到,谷墨边吃饭,边看我的小说，乐得哈哈笑，不小心留下了污渍。黑色皮椅，似乎还有谷墨的温度，好像我还能看到他手舞足蹈的样子，听到他爽朗的笑。这一切都仿佛下午阳光里折射出的尘埃，飘浮、闪亮、轻盈，羽毛般飞翔着，永远地离开了我。

我抽动鼻子，快步出去，穿过客厅，冲到楼下，在小区花坛旁边，擦了擦眼泪。我又平静了一会儿，拨通了晓菲的电话，说，别人都不来，你也该来。

晓菲沉默着，我听到电话那头的抽泣。许久，她才说，谷墨的女儿，还好吗？

我没答她，让她明天无论如何来送谷墨最后一程。

可我要送导师。晓菲叹着气，似乎很难取舍

决断。

我说，问过谷墨这边治丧的朋友，也在青云山殡仪馆，时间大概比导师晚一个小时，你在那边忙完，就过去吧。

这么巧，晓菲唏嘘着，导师走了，还忘不下谷墨，他才是导师最欣赏的学生，同日而去，又一起开追悼会，也是前生注定的师生缘分。

我又回到二楼，想多待会儿。此时一别，恐再无相见。谷墨也会彻底消失在我的生活中。寒碜的厨房，冰箱里全是速冻食品，侧卧开裂的玻璃，粘着一条长长的胶布。他的生活就这样，全都糊弄着。那张硬板床，我使劲躺了躺，床板摇晃，发出"吱吱呀呀"响声。我翻起床垫，发现最下层垫子里有几只避孕套、一条女人的黑色蕾丝边内裤，不禁哑然失笑,看来这家伙不像我想的,一直过着纯洁的单身汉生活。

房地产商人过来,欲言又止,我赶紧告知他,丧仪给了谷墨的姐姐,让她捎给家乡的老人。房地产商人勉强地笑了笑,又向我打听谷墨房子现在的市价。我说,梁城不是小城市,更不是杜县,这片大学城住宅,总有两万一平方米吧。

房地产商人高兴起来,找别人说话去了。

我又问了谷墨前妻,他发病的情况。他是晚饭后,看着书,突然感到胸痛,强撑着打了120,被救护车拉到最近的妇幼保健医院。到后才发现是重度心梗,不得已又转院,折腾下来,人已昏迷。曾有谷墨的学生,认为救护车处理病人草率,肯定和那家医院有利益输送,但没啥真凭实据,事情也就不了了之了。

谷墨在 ICU（重症监护室）抢救了两天，没挺过去。他的心脏问题，已有几年了，他有所预感，早写下了遗书，有一段内容，叮嘱让我负责他的文稿，有机会整理发表云云。我和谷墨虽是好友，但这些年相聚也少，我在上海，他在梁城，只是频繁微信联系。谷墨太看得起我，我离开学术界好些年，看论文很吃力，就是整理发表，又能怎样？至多不过在刊物目录挣得一个"黑框"而已。学者们关心的话题，大众也不感兴趣，出版了恐也少有人问津。

我和谷墨前妻说话时，谷金子一直盯着我，我问她，有什么事？

你是周丹叔叔吧，谷金子说，爸爸说，你是个作家。

我拍拍小女孩的头,她搓着手,递上一张素白的卡片,说有一首小诗,是她写的,纪念谷墨。我眯眼看去,字是极娟秀的,上面写道:

羽毛飞上了天

没有踪迹,或声音

是谁在世上无缘无故地哭

余下点点的墨迹,或血泪

一次别离,轻柔的

为了别世的相遇

我想起秋天的早晨,我们刚入校不久,去校园给谷墨的母亲挖蚯蚓。他捉到一条大黑蚯蚓,高高举起,快活地大叫。我仰头看去,蚯蚓不断挣扎,谷墨的黑发被风吹动,在阳光下熠熠生辉。倏地,他扯了下头发,几根断发,被指缝夹住,又被风吹起,在金色阳光下,不断飞舞、旋转,羽毛般地飘远了……

六

硕士毕业后,谷墨和程济都升入博士,晓菲留校当了辅导员。晓菲痛哭过几次。她的心气很高,想当女学者。导师安慰她,让她过几年再考。

谷墨和程济的竞争关系,延续到博士阶段。程济撕烂谷墨的书,威胁要找人揍这个"冷库学者"。程济给我的印象是,机灵乖巧、温文尔雅,把他逼到这地步,可见二人关系水火不容。就灵慧而言,谷墨很像导师,但不如导师通达,反而有点愣头愣脑。许是饱经沧桑的阅历使然,导师虽然对学问严肃认真、深厚博大,但也热爱生活,精通很多菜肴的做法,会唱歌、跳广场舞,对待官场和学界,非常懂得处理关系,有极好的口碑和人脉。这些谷墨通通没有,反而程济这些地方更像导师。大概谷墨加上程济,这才和导师性格差不多。

导师努力协调他俩的关系,一度想将程济介绍到其他老师门下。由此可见,谷墨在导师心中的分量,还是更重些。导师时常将谷墨叫到家里吃饭,让师母给他炖母鸡,有时也亲自下厨,给谷墨做拿手的炖鱼。吃完饭,就在导师的大书房,闲侃学术,师徒二人相得益彰,有时也争得面红耳赤,过后导师还是叫谷墨吃饭,他总是给谷墨发短信,说,小墨子,有空来吃饭,要继续上次的讨论哟。

这种待遇,程济是没有的。导师对他更多的是客气。程济很有危机感,更加努力学习。平心而论,程济称得上兢兢业业，专心学术，也有一定悟性，可惜在天赋上和谷墨相比，还有一定差距。谷墨家在杜县，为了学业，读博期间，很少回去。那位女工倒是懂事，没事就坐几个小时班车来看谷墨，将那个小博士房收拾得一尘不染。谷墨有心和她分手，也闹过几次，女工誓死不从，谷墨只能作罢。过了几年，谷墨临毕业，女工怀孕了，两人的关系稳定下来。世事难料，女工一直未调来梁城，独自在杜县带大谷金子。也许女工此后发现，嫁给一个空头历史学博士，不能给她带来更多回报，两人的关系也最终走向尽头。

晓菲成了谷墨和程济之间矛盾的导火索。

他们都迷恋晓菲，可晓菲没有任何决断，自由地与两人交往，这也造成很多误会。她无动于衷，既不解释,也不鼓励。直到有一次,导师组织的师门聚会,谷墨那天喝高了,又说又笑,直勾勾地盯着晓菲,目光全是"高温烈焰"。程济一个人呆坐角落,低头喝着闷酒。

突然间,谷墨抱住晓菲,深深地亲吻起来。

祥和的酒宴现场,瞬间冷却。晓菲也喝了酒,脸色绯红。她笑了笑,低下了头。程济铁青着脸,挤过去,揪住谷墨的头发,狠狠扇了一记耳光。谷墨不甘示弱,两人战成一团,杯盘狼藉。我当时也在场,去拉架,主要是搂住程济,让谷墨在他的腮上打了两拳。同门里与程济要好的几个人,见此也不干了,揪住我说,拉偏架真可耻。导师气得发抖,桌子拍得山响,大声呵斥。两人最终分开,还是瞪着眼,盯着对方。

只有孟力行师兄，端坐酒桌前，悠然喝着酒，泰山压顶面不改色的大师状。几片翠绿菜叶，黏在他稀疏的头发上。三九大老，紫绶貂冠，得意哉，黄粱公案。二八佳人，翠眉蝉鬓，销魂也，白骨生涯。愚蠢的人类哟。他喃喃地说，也不知说给谁听。

这是"历史性事件"。很多历史的必然，都由不起眼的偶然事件引发，在蝴蝶效应中，变成冥冥的定数。谷墨彻底与程济决裂，两人不再讲一句话，哪怕在一个系工作，有事也让别人传达。导师对两人各打五十大板。我以为，导师还是偏袒谷墨。谷墨有老婆，还如此明目张胆示爱，程济连女朋友都没有，追求师妹无可厚非。不久，有多封匿名信举报谷墨行为不端，要求学校开除谷墨这个道德败坏的好色之徒。导师从中周旋，面对学校的联合调查组,做了很多工作,才最终将事态平息。

匿名信究竟出自程济之手,还是他背后的家族策划,我不得而知。导师还是把程济臭骂了一顿。他说,平生最看不起告密的男人,当年他被人揭发,在甘肃农场种田,也没出卖过人格。他对程济说,一个人做了这样的事,会终生不安!程济没承认什么,痛哭流涕了一番,才得到了导师谅解。这件事没有促成谷墨和晓菲的姻缘。谷墨的老婆知道后,大闹了一场,威胁要烧了谷墨家的房子,吊死在学校办公楼。为了前途,谷墨妥协了。

谷墨这边没了下文,程济也退出了,很快和梁城文化局一个女职员谈恋爱,结婚生子,再也不谈晓菲,甚至两人当同事,程济也不苟言笑,刻意保持距离。晓菲"剩"了下来。她在管理学院当辅导员,工作任务很重,她坚持学外语,温习专业课,发誓要考博士。她拒绝了好几个青年教师的追求。

我对谷墨说,要不我试试? 咱俩是好兄弟,肥水不流外人田。

谷墨瞪着眼说,不行! 晓菲是我心目中的女神,要是好哥们儿,帮我一起守护她。

我说,守个屁,人家是大活人,也要谈婚论嫁。

硕士毕业三年后,晓菲终于考上博士,继续跟着导师。这步棋走得及时,没过几年,辅导员不能再转教师岗,彻底与教师系统分离,成了教辅人员。伴随晓菲走入学术之路,她对情感的考虑,越来越淡,只是跟着导师做学问。

经过几年苦熬,谷墨和程济进步都很快,特别是谷墨,已在国内权威学术杂志发表数篇论文,获得了几个奖项,在学界产生一定影响。那年留校名额只有一个,导师的意愿是给谷墨,程济家的人脉很硬,竟从学校又要了个名额。这两个冤家,又双双扎根梁城大学,开始了新一轮人生竞争。

我至今无法忘记,谷墨的毕业典礼那天的情形。临近夏天,校园刚下过一场雨,天空飘荡着莫名的、湿漉漉的甜味。校园的白色礼堂,素雅又庄重,融合中西式两种不同风格,相传是民国某建筑大师的得意之作。穿着黑袍博士服的青年学子,都聚会于此。礼堂旁的大槐树,开满乳白色小花。我踩着那条铺满光滑鹅卵石的小径,轻轻走去。谷墨在那群人中如此显眼。他个子高大,又是清瘦长方脸,黑色博士帽对他来说,恰到好处,红色穗子垂下,又让他多了几分潇洒。他仰起头,眯着眼,看向蔚蓝天空。微醺的阳光,涂抹在脸上,显示出斑斑驳驳的阴影,丝毫不影响他意气风发的状态。

导师站在他身边,微笑地看着得意弟子。导师也身材高大,头发已花白稀疏。六年了,他的脸上长出不少老人斑,眼神有些混浊,但不妨碍他将腰杆挺得笔直。导师从不言老,甚至在公交车上也从不坐,也拒绝别人让座。我走近他们,从导师看着谷墨的目光之中,看到了点点伤感。浪奔浪涌,时间无情。年轻一代成长起来,老一辈学者总要面对这种时间的威胁。我给他们拍了张照片。那张合影,谷墨一直摆在客厅壁橱最显眼的位置。

我有些嫉妒谷墨。谷墨正式踏入学界,我却和主任关系紧张,面临辞职。我不是做学问的料,也能看出,谷墨有才华,有毅力,还有导师的赏识。他会成为一代青年学者中的佼佼者。多年以后,我想起那个午后,那一幕如此不真实。谷墨这片高傲"羽毛",不满足脚踏实地,他要高飞天际,自由自在,他注定和导师走上分歧道路。我只是没想到,十几年师徒缘分,最后竟分道扬镳。谷墨出走梁大,成为"师门叛徒",加入梁师大金辉教授团队。

回宾馆的路上,我翻看起了谷墨的日记。

许是学历史的关系,谷墨和程济都喜欢写日记。不同的是,程济的日记,是拿来给别人看的,他记录每天发生的事,也赞美导师,赞美其他学界大佬。程济很大一部分论文和专著,都和这些"赞美"有关,比如《容焕余学术思想研究》《学术理论探微》之类东西,论文四平八稳、严整缜密、符合规范,借助大佬威名,也能唬些外行,发表不困难,甚至可以"学术整理"名义,拿到项目支持。圈里管这样没出息的学者,叫"玩大佬"捧家。

谷墨对这种做法嗤之以鼻。谷墨的日记,只言片语，简单记人录事，也隐晦地以代号讲些看法。导师在他笔下，就是"余老"；金辉则不客气地被称为"老金条"（金辉的脸又瘦又长）；程济的代号是"程不群"，有些刻毒；晓菲是"菲天使"，有些"跪舔"的姿态；我的代号是"仲连丹"（取鲁仲连的含义），好像我是见义勇为的古侠客。谷墨家庭不宽裕，我家不过也是工人家庭，硕士研究生三年，在食堂吃饭，我们都合打一份菜。谷墨个子大，为了让他吃饱，我都省着吃，实在不够，自己花钱买榨菜解决。那年谷墨买房，我二话没说，借给他二十万元，甚至推迟了上海买房计划。谷墨都记在心里。

他的日记，也有很多工作记录，例如"凌晨三点，继续改论文，天边发亮，脑神经燃烧，不困""上课八节,坐公交回家,路上堵车,晚饭未吃,腿肿,继续阅读怀特海著作""辅导本科生七人论文写作,耗时半天,学生素养差,气得跳高""开学术会议后回梁城,午夜,喝点浓茶,继续写论文"。这些记录,也能看到谷墨平时生活多忙碌。他的病,完全是熬夜、抽烟、疲劳过度导致。按照学界惯例,我应将谷墨的日记整理出版,进一步写作《谷墨年谱》,似乎这样才是对英年早逝的青年学者最大的肯定。谷墨不在乎身外之物,尽管他在遗嘱中也求我帮他出版《梁城异人考》。他通过史料爬梳,记录梁城自中唐以来的奇人异事,一般历史著作读者,觉得艰深,专业学者又觉得不严肃。谷墨写过不少学术著作,有名气的是《晚清杜县方志研究》《民国梁城的街道》《梁城防疫史录》《革命时代梁城的暴力与秩序》等。这些作品,有的暗藏讽喻,给出版社带来了麻烦,学界口碑也有争议,但不可否认是谷墨的代表作。《梁城异人考》就较古怪,更像心志自道。我在出租车里想了一路,也茫然没有头绪。

回宾馆不久,又接到晓菲的电话,梁城大学的领导,宴请导师在外地的弟子,以尽地主之谊。我没好气地说,人都死了,领导们还在想搞关系,想必你们这些教授学者也需要这样的机会,我是闲人,就不去打扰程济兄了。

你就是酸腐,晓菲没好气地说,谷墨在这点上,和你一个德行。

说到谷墨,我们一下子沉默下去。晓菲有些尴尬，没再勉强我。我落得清静。吃过饭后，在酒店房间做了一个半小时直播，慰劳粉丝相思之苦。我这期讲的是，东亚强国高句丽的灭亡及朝鲜半岛历史沿革。我讲得慷慨激昂，粉丝们也兴奋，频频刷礼物。

午夜时分，醉醺醺的孟力行师兄，乱敲我的门。他是京城干部，自然是梁城大学领导的巴结对象。孟力行读书时特立独行，有才气，喜欢说怪话，为人孤傲，心思又细密，不像谷墨那么热情朴实，因此不得导师喜欢。他后来也读了博士，不过去了一所普通省属院校教书，同学们对他较冷淡，只有我和谷墨给他壮行，请他去昊天大酒店吃海鲜自助大餐。他并不气馁，冷冷地说，我辈岂是蓬蒿人，十年后再看吧。奔丧之际，他也是荣归故里，心情自然得意,喝了点酒,唱起京剧《打虎上山》片段,催促我开门,和他聊学术。

我打着哈欠,说,凌晨才到梁城,奔波一天,去了两处灵堂,内心痛苦,实在无精神头儿陪师兄挑灯夜谈学术。

房间外传出"嘿嘿"的笑声,没了下文。

第二天清晨,大巴车早等在梁大校门口。去殡仪馆吊唁,可直接坐车去。车上大部分是梁大教师。白发苍苍的高冰教授、偏瘫刚恢复的郑教授,都是教过我的老先生,与导师也有深厚友谊,不顾年迈,也要去殡仪馆。我扶着两位老先生上车,略谈了现在的处境。高冰教授叹息着说,史志办是扎实弄资料的地方,你辞职赴沪,以自媒体谋生,浮萍于江湖,荒废学业。郑教授说,老高,老糊涂了,年轻人的职业，不是我们想象的，历史在发展变化嘛。高冰教授点头，扭头对我说，你也不年轻了，还是稳定下来为上策。

我搔着头皮，有些尴尬。古人云，"近乡情更怯"，梁大熟人多，多年未见，总要问这问那，有些问题，无法回答，只好保持沉默。我识趣地坐到车尾，尽量低调，还是被同学莫景瑞认了出来。他惊喜地拍了拍我，说，终于回来了。当年我和老莫关系还可以，如今见面不好装不认识。景瑞凑过来，热情地与我攀谈。他说话声音很大，还伴有兴奋笑声，一车人不时对我们侧目。我惶恐，支支吾吾。我这才发现，他头发凌乱，眼圈发黑，脸色苍白，手指有些抽动。他没和我叙旧，却喋喋不休地讲了很多他自己的事，大多是种种不如意，工资低、压力大、家庭矛盾、论文发表难、项目拿不到等等。

他眼睛红肿，想必也是无人倾诉，我同情心又起，只能继续倾听。景瑞是隔壁宿舍的哥们儿，专业是比较文学。他勤奋用功，天不亮，就在阳台朗诵法语诗歌。他洪亮的声音已成宿舍楼"公鸡报晓"式存在。景瑞毕业后，托导师的福，留在了梁大。导师不久因病去世，他在梁大的处境艰难，课程多，资源少，常被大学阀的弟子欺负。

早上还朗读诗歌？我抽空打断了谈话。

他的眼球转动一下，脸上显出红晕羞涩，很快又恢复严肃，说，那时年少孟浪，现在我坚持早起，背诵莎士比亚戏剧及马克思经典文论。我现在的问题是，需要评上职称……景瑞语速很快，话又密，我仔细听，懂了个大概。他要上教授，缺少权威的 C 刊论文,让我帮着找门路。我不过是网络主播兼作家,哪有那些资源?再说他是比较文学,和我也不搭界,我有些烦闷,还装作耐心。他能找上我,可见病急乱投医。他唠叨着说,你在大上海混文化圈,总比梁城要强,总会认识些重要编辑,我现在就是缺机会。

大巴行驶在路上,路途很远,大概一个小时,车上的人大多陷入昏睡,和漫长的人生相比,人生的最后一站,又仿佛只是一瞬间。早上略带清凉的空气,从车窗钻进,我干脆打开更大一点,让空气猛烈袭击我的脸,这才能让闷热气稍微减缓。景瑞还在顽强地诉说着,他低低的声音,犹如天外梵音,在耳边回响……

终于到达青云山殡仪馆。仪式在飞鸿厅,一个小时后举行。景瑞麻利窜下大巴，与等候的人攀谈，我依稀认出几个学术编辑和德高望重的人物，想必这才是景瑞来此的真实目的。晓菲让我帮助整理国内外著名大学、学术机构和文化名人发的唁电，活动开始前挑拣重要的公布。程济要准备省里领导的讲话稿，晓菲负责外联，孟力行师兄被梁大领导请去，和相关领导应酬。我和几个同门，带着十几个梁大博士生和硕士生，整理唁电、安置花圈和挽联等事宜。我惦记谷墨那边情况，发了微信询问，谷墨的姐姐说，人来得不多，有谷墨的几个硕士研究生帮忙，让我不必着急，忙完再过来不迟。

时间到了，厅里却不见动静，飞鸿厅内外都站满了人，花圈与挽联摆放不开，一片白与黑的世界。程济满头大汗跑来,说,省领导秘书打电话,说领导有要事,晚来一会儿,追悼会推迟一个小时,我的心里咯噔一下,这样导师这边就和谷墨的活动撞在一起,我想了想,这里也不少我一个,我先去谷墨那边。

程济擦着汗,冷冷地说,大作家,你不能去,谷墨是师门叛徒。

我再也忍不住,扶了扶衬衫上的白花,说,人都死了,能不能宽容点?谷墨再怎么说,也是同学,学界再大,也不是武林,师门不是全真教,你也不是尹志平!

八

谷墨出走梁大的时间,是我离开梁城,到上海打拼的第三年。

谷墨和导师的治学思路,有不少分歧。导师希望谷墨能在专门史领域扎下根,长成一棵参天大树,谷墨更喜欢黄仁宇一路"大历史"观念,即使谈具体问题,也要综合来谈,同时谷墨也有古良史批评议论之风,追求现实共鸣与思想批判性,导师则希望他符合学术秩序规范,理性严谨,多研究史料,少发表个人看法。

这些分歧,也很正常。导师不强求谷墨改变,只不过对他的研究表示担忧。

谷墨很快就受到了惩戒。谷墨论文发得多，项目却拿得艰难，程济则不声不响拿了两个国家项目，顿时引起校方重视。反观谷墨，有篇文章还惹了麻烦，校领导对他就有些犯嘀咕。谷墨的文章，太有锋芒，易引发争议，得罪人也多，项目要通讯评议，说是盲审，网上查查前期成果就晓得了，拼的还是人脉和口碑。谷墨接连多次，通讯评议都过不了，不禁让人怀疑他的能力。好在导师力挺，在自己的重大项目下拨出个课题，让他做了做，算是有所交代。

程济拿到项目后，经费充足，常出去开会，拜谒学术大咖，联系圈中重要人物，也请人做讲座。程济的文章发表刊物级别也越来越高，虽然赞美大佬的文章，依然不少，但从学术史角度考虑，大佬们的平时事迹、野史逸闻、学术公案,也要有人整理,不能说程济做的毫无价值。容导师去世后,程济立即带着门下博士生,申请校级与省级项目,从"容焕余年谱""容焕余学术传"两个方向搞起,据说还要以此为基础申请国家重大项目。

相反,由于谷墨的文章常惹麻烦,很多学术刊物编辑,慢慢将他拒之门外。以前发他的论文,有导师的面子在,可谷墨清高自傲,常得罪人,路子也越走越窄。谷墨眼见程济跑到前头,心里发急,有时难免口不择言,又被人传话给了程济。

谷墨和程济同年评上副教授,等到该评教授的年限,两人的斗争白热化了——学院只有一个名额。评审结果,出人意料,程济顺利通过,谷墨名落孙山。谷墨得知消息,独自爬上后山,饮酒后痛哭。还有一个版本是说，程济专门羞辱了谷墨一顿。这才导致谷墨醉倒在后山。导师开导谷墨，说，早点，晚点，又何妨？人生与学术都是长跑，中途的风光，算不得什么，盖棺论定才重要，你忘记了我在第一堂课，对你们讲的了？

导师四十多岁时，还只是讲师，评副教授就搞了四次，每次都被举报，他还戴着"白专分子"的帽子，从中学调入梁大，有人嫉妒他，将他的桌子放在走廊。导师安之若素，在熙熙攘攘的学生中，安坐于白墙之前，读书写作。后经多方交涉，他才有了办公室靠墙的小空间——那已是三年之后了。

您怎么忍过来的？谷墨禁不住问。

他强任他强，清风拂山冈；他横由他横，明月照大江。导师微笑着说。

我对谷墨讲的故事,有点怀疑,但导师兴趣广泛,喜读《倚天屠龙记》,不是不可能。我更相信谷墨讲的,导师的另一种方法,即"拼命读书"。寒冬深夜,梁大西北角那一排叫"六排房"的平房内,导师围着煤球炉子取暖,聚精会神地读书,读到忘情,常忘了时间……

对于程济的成功,也有很多传闻。有人说,他的家族做了很多工作;有的说,程济项目多,更受校方青睐;也有人说,谷墨被人举报,论文内容有自我重复,违反学术规范。评审结果公布后,程济居然也遭到了举报,点明论文观点抄袭。大家都认为是谷墨干的。我不相信,导师这次帮助了程济,让他顺利通过学校的质询程序。

职称评审的挫折,还不足以让谷墨和师门决

裂。他们之间的矛盾，主要来自学科评审、评奖等一系列重要事务的冲突。二十世纪九十年代后期，高校迎来大扩招，各学校之间，也开始了激烈竞争。作为梁城大学领军人物，导师肩负发展学科重任，他必须把握住机遇，于是着急上马一大批项目，大量时间被用于跑学科点，举办国际性学术大会，争取重大项目资金支持，整合政府、产业与学界资源，谷墨因受到导师信任，又担任学科秘书，这些工作也大部分由他承担。这对于清高懒散的谷墨来说，无异于一次次酷刑。

那段时间我常在深夜收到谷墨的短信，都是情绪垃圾。有时他实在痛苦，就和他在 QQ 视频一会儿。我在骗人。谷墨说他面容憔悴，眼光直直的，有点吓人。我说，老谷，成年人了，坚强一点。谷墨揪着头发,痛苦地吼着,认认真真造假,真不是人干的。你的认真,是一种催眠,它会让你在潜意识中将假的当成真的,甚至维护假的……

谷墨第一次和导师发生了正面冲突。他不愿弄假材料,拒绝为学科升级跑点。他对导师的印象也发生改变。"评审前的深夜,提着贵重礼物,穿梭于酒店,以至于有评委忍无可忍,实名举报",这样的丑闻,不应发生在导师身上。导师却以"忍辱负重"为名义,呵斥谷墨沽名钓誉,"拿梁大史学几代人心血开玩笑"。这样的指责,非常严重。谷墨彻夜难眠。

程济适时顶了上去。他出色完成导师交代的任务,获得了各方认可。导师开始疏远谷墨,长时间不和他联系,偶有见面,也呵斥有加,重要场合也不再带谷墨。导师公开赞扬程济"雅量深重如碧玉，沉稳广博似黑岩"。由于几年未评上教授，谷墨在学校也不断被边缘化，很多活动不让他参加。谷墨清闲下来，可痛苦更甚。导师在他的心目中，是"精神父亲"般的存在，如今父子却不再亲密无间。

梁城重大攻关项目"梁城文明史"，激化了谷墨与导师的矛盾。项目由导师担任总主持人，四年内出版十余本著作，整合历史学、考古学、文学、语言学、社会学、经济学、政治学等多个专业，担负着重新考订梁城发源时间、树立梁城"北中国第一文明城市"的重任。梁城对此非常重视，市委书记担任筹备委员会主任，宣传部等各部门全力配合导师，拨款五百余万元。

盛世修史，可谓流芳后世的大事。导师全力以赴,谷墨也循例分了一本著作。他对此并不情愿,一是那本著作不是他想写的,二是他认为,很多史学观点缺乏实证材料,仓促定义,强硬上马,易引起外界质疑。导师管不了这许多,他严令谷墨如期完成。结果是谷墨拖稿,险些耽误项目于"梁城庆祝建市千年庆典"前结项,还是程济来救场,接下谷墨未完成的稿子,用三个月顺利完成。庆功宴上,导师当众叱责谷墨。谷墨不服气,顶撞了导师。导师将酒杯扫落,晶莹玻璃杯碎了一地。谷墨泪流满面,导师则拂袖而去。

导师想将谷墨调离,让他去靠近梁城的城市。那里有所省属理工大学,那里的历史学科,自然不怎么样,且与诸多学科合在一起,没有博士招生点,叫"文化发展学院",院长是导师第一届的博士,也是信得过的人。导师的意思是,让谷墨反省一下,在偏远之地也能慢慢做点东西。谁料谷墨的反抗,非常激烈,他投入梁师大金辉院长的团队。梁师大在史学方面的影响,与梁大难分伯仲,金辉与导师也是多年的竞争对手。谷墨的叛逃,给了导师沉重一击,他大病一场,一个月工夫好像老去了十岁。

谷墨很快领教了导师的手腕。导师向学校打报告,不允许谷墨调离,理由是"防止人才流失",可系里停了谷墨所有课程,办公室没收谷墨的办公桌。有好事者说,学院张秘书向谷墨出示一张物品清单,详细记载谷墨花的学科经费明细,包括出版学术著作资助,请他予以退还。张秘书还勒令谷墨归还所有学校办公用品、图书馆用书,少了一根电脑的数据线,都要亲自打几遍电话催要。

这还远远不够。同门都在微信拉黑或删除了谷墨。师门群也将他踢出去。几个年轻的师弟师妹,还在微博发帖,痛斥谷墨背叛导师的恶劣行径,甚至还有风闻他的博士论文涉及抄袭。这对谷墨造成了很大困扰。梁师大曾专门组织人调查,还是在金辉的干预下,这才作罢。我是大闲人,虽也收到程济发来的通知,要求与谷墨划清界限,但我不是学术界的,也不怕打击报复,就装作不知此事。

即便如此,谷墨的调动之路,依然异常艰难。他当时只是副教授,按理说,不属于啥重要人才,梁城大学是享有盛誉的 211 重点大学,犯不上难为个青年教师,可梁大一方面停了谷墨的工资,另一方面却迟迟不给他办调动手续，谷墨只能暂时挂在梁师大上课。他找了很多人去说情，导师只是不理。

谷墨曾在暑假期间，站在导师那栋三层小别墅下一整天，哭泣着向导师喊话。导师书房的那扇窗，始终紧闭，他熟悉的、慈祥的身影，始终未曾露面。谷墨最终被晒昏在小楼之下……多年后，我依然无法想象那个场景，酷热的阳光，利剑般穿透谷墨骄傲的自尊。他摇晃着，眼前发黑，那扇窗也摇晃着，如同黑暗中最后的灯盏。学术利益永远高于学术价值？还是说，黑暗的记忆，可以传染，导师早年所受的折辱，也与谷墨所遭遇的权谋，没有太大差别？

几年后，"梁城文明史"出了问题，很多学者指出,项目史实错误多,缺乏实证,有些生硬观点实属"硬给梁城脸上贴金"。好事者甚至整理出一千多条错误。舆论甚嚣尘上,导师名誉大损。谁想这些质疑之声,不知为何,过了一阵子,又偃旗息鼓了。

程济认为,好事者就是谷墨。只有他了解那么多底细,这是谷墨在金辉指使下干的。愤怒之余,程济纠合容门之下十余名大学教授,写了一系列论战文章,不仅为梁大的项目辩白,且集中火力攻击金辉带头的一项重大项目。一时间,硝烟四起,学术刊物热闹了一阵,甚至引起海外史学界关注。

笔墨官司打了两年,发了一堆权威文章,事实真相慢慢为大家忘记。程济一战成名,学术声望更重,而且成功"出圈",在各大互联网站接受了很多次采访。

谷墨却很沉寂，只有一篇短短的替金辉辩护的文章,发在个不起眼的普通刊物。

九

离开飞鸿厅,我快速奔到几百米外的松柏厅。谷墨的学生在帮着登记,三十来个人,散在四周,大多是谷墨老家的人。谷金子愣愣地盯着停放谷墨遗体的棺材,好像还接受不了父亲躺在那里。我叮嘱她,有任何困难,都要告诉我。谷墨的姐姐,流着泪对我说,你还是来了。谷墨的前妻和那位房地产商人,也略点头致意。听谷墨姐姐说,他们为了谷墨的房产,闹得厉害,说要给谷金子代管,只能过些天,找律师介入了。梁师大也来了领导,包括工会方面的。大家都在等梁师大副校长,也是历史与社会发展学院的院长金辉教授。

金辉不同于一般学界大佬,甚至不像教授。他长着张刀条脸,面容清癯,长发垂耳,长髯及胸,加之着唐装,脚蹬黑底布鞋,腕上是紫檀和绿松石手串,自有仙风道骨的高人气派。金辉研究道教史,炼过丹,对养生学有心得,常给达官贵人开讲座,也开丹方,据说颇灵验。他年近七旬,是梁师大终身教授,学术繁忙,但驻颜有术,脸色红润,刚和发妻离婚,娶了三十多岁的电视台女主持人。老树开新花,自有喜气。参加追悼会,他临时戴上墨镜与黑手套,依然难掩神采。谷墨如有金辉这般懂得生活,恐怕也不会英年早逝。

哀乐响起,追悼会开始。金辉摘下墨镜,闭着眼,两行泪流出。众人愕然,他缓缓走到话筒前,沉声说,墨兄驾鹤西去,此为学界之巨损失,梁师大师生的悲剧。谷墨乃由我引进梁师大，数年来，学术斐然，风采烈烈，呜呼！天妒英才，哀哉！还我挚友，还我学人！

他双手高举，声音嘶哑。大家肃然，噤声不敢打扰。许久，金辉教授睁开眼，环视四周，又戴上墨镜，缓缓退出，不复回顾。众人正吃惊，一个瘦瘦的中年眼镜男，凑上来说，金院长事务繁忙，要去云南开会，下面的活动由我主持……

眼镜男是梁师大的董副院长。活动结束，董副院长还给了谷金子一张折成三角的符纸，说是金教授给的，经过加持，能祈福免灾。

遗体告别开始。谷墨躺在那里，脸比平时胖，妆化得浓，为了掩盖头顶，还戴上了一顶黑色软帽。他再也不能和我彻夜讨论学术，也不能意气风发地爬上山顶发疯,他离开了冰冷的世界,去往了神秘的归乡。

谷金子突然失控,惨叫着奔向父亲。周围的人拉住她。哭声响彻松柏厅,渐渐凄厉,人们不安骚动,仿佛谷金子的举动,有些不合时宜。谷墨依然平静地躺着,没有反应。他太累了,心情也压抑。那段时间,他刚评上教授,金辉让他组织梁师大的重大项目攻关会,也继续担任学术秘书。谷墨非常不情愿,也只能照办。如果再离开梁师大,他还能去哪里?他经常对着导师的合影,默默流泪,抽烟,然后就是毫不顾惜自己地拼命读书。成果出了不少,身体越来越糟。身边也没人照顾,一天吃一顿饭,也是常有的事。有次他深夜给我发微信视频,正在啃着块硬面包。他勉强地笑着,说,心发慌,刚吃了药,好多了。他又拿着那块面包乱晃,露出里面夹着的火腿肠和卤蛋。这是我们读书时喜欢的简易吃法,省钱又方便,四十多岁了,谷墨始终没走出硕士研究生的那段岁月……

追悼会结束,棺材被谷墨的姐姐送往后面的火化炉。人群哄然四散,谷墨的前妻也不见了踪影。我找到匆忙摘去白花的董副院长,询问谷金子能否转入梁师大附中。董副院长为难地说,不好办哟,没有先例,附中名额也紧张。

我干笑两声,转身就走,董副院长歉意地拉住我,说,梁大程济院长过问了此事,说将谷金子转到梁大附中,梁大附中比师大附中档次更高,金子这孩子有福气。

我这才发现,松柏厅角落,摆着个花圈,挽联写着:二十载寒暑冰刀霜剑求真务实,四十年人生功过是非任他评说。署名:程不群。"程不群"是我和谷墨给程济起的外号,讽刺他像《笑傲江湖》的岳不群,是个伪君子。难道是程济送的花圈?他是为求心安,还是顾念同门友谊?还有个更大的花圈,挽联也有意思。上联是:痴人有梦学人有风爱人难无情;下联是:至人无己神人无功真人难有名;横批:来去自由。署名:江湖任我行。这可能是孟力行送的。"任我行"是当年我们封给孟力行的外号,形容他的狂傲做派。

晓菲始终没出现,也没有她的挽联。手机响了,是孟力行的电话,催促我过去,省领导才到,活动刚开始。我又回到飞鸿厅。厅门口已挤满人,只能踮着脚,站在外面。此时接近中午,日头正毒,空气闷热，众人的汗味，混合大厅的消毒水气味，冲得人头脑昏沉。领导讲话很慢，约莫讲了十分钟。掌声响起，领导退场，活动改由程济主持。程济脸色憔悴，先介绍了发唁电的海内外三百多家大学、科研机构与行政部门，还有几百位各界领导与文化名人。接着他朗诵某国学大师写的悼文，声嘶力竭，几乎站立不稳。容门上下近百名弟子，无不悲声以应和，大厅内外，也哭声四起。

天色暗淡，隐隐有雷声，极目处有无数云层翻滚嬉戏，仿佛诸神盛大的告别演出。哀乐再起，我踉跄地跟着众人，鱼贯而入追悼大厅，瞻仰导师最后的遗容。景瑞排在身后，我并未察觉。他悄悄扯了下我的后衣襟，我悚然回头，景瑞低声说，C刊发论文的事，拜托兄了。

我打了个寒战,看到鲜花丛中导师的侧面。他的嘴角翘起,似有冷冷的笑容。我疑心眼花,摘下眼镜擦拭,待要看清,却被后面的人推着,远远离开。

　　仪式最后,目送师母和导师的几个子女,推着棺材进入后堂。我靠着门厅前的柏树,想抽烟,胸闷得难受,正摸索口袋,头顶忽有炸雷绽放。有人惊叫,似有两条盘旋的暗金色气息,从高耸的烟囱爬出,凝聚成类乎实体,细细长长,有些棱角。它们噬咬争斗,又相互致意,带着些许不甘,最终消失在天际。

　　雨落得快,眨眼间,白茫溅起,混合土腥气和风声的雨团,迷迷蒙蒙,席卷了活人的世界。众人纷纷躲避,作鸟兽散。晓菲走了过来。一场盛大的活动结束,各方都满意,她的脸色也轻松不少,忙拉住我致歉,要谷墨前妻的微信,说忙得昏了,未能送谷墨,只等活动全部结束,微信转账丧仪。

我甩开她,说,恭喜啦,都说你要当学院的副院长了。

晓菲抿着嘴唇,干笑着说,没谱的事,领导办公会都没讨论呢。

我拱拱手,说,前几年评教授,你的几篇权威论文,是谷墨弄的吧,听他谈过构思。

晓菲有些慌乱,紧抿着嘴唇,并不答话。

你和谷墨好过一段时间?这几年也没断联系?我问。

晓菲的脸涨红,滴血似的,有羞愤之意,说我发神经,居然说昏话。

我咬了咬牙，又说，你到底喜没喜欢过谷墨？或者说，你喜欢导师？

晓菲受了刺激，转为抽噎，泪花涌动着说，现在说这些，有意思吗？

不是我要听，是替导师问你，替飘在天上、没走远的谷墨问你。我说。

别说了，你别说了。晓菲喃喃自语。

我想，这个答案，也许像很多历史神秘事件的真相，也已飘逝在了风里。

十

导师走后，梁大没有忘记他。在程济的呼吁下，学校将餐厅后的那条僻静小路，命名为"容焕余小路"。梁大的莘莘学子，吃饱喝足之余，走在这条小路上，可能会想点学术的事。程济的本意，是将导师的青铜塑像，放在学校办公楼前，或社会与历史发展学院大厅。校友联络办邹主任不同意，说几位校友预订了位置。他们都是大企业家，心系母校，现在重病缠身，想起与母校联系，捐助了一大笔钱，预留两处位置，只等他们去世，安放他们的塑像。梁大关心校友福祉，也需要钱去海外引进高科技人才，自然不能不答应。

追悼会结束,容门弟子先参观容焕余小路,又在昊天大酒店聚会。这许是容门最后一次大聚会了。大家格外珍惜。

我喝了不少酒,听了不少谷墨的事,有些我略知一二,有些根本不知道。谷墨离开梁大的手段,极为惨烈。谷墨每天去人事处软磨硬泡,找各级领导,都没啥用,后来索性拖了条床垫,摆在梁大人事处,躺在那里睡觉,玩直播自拍,并威胁领导,如果不放他走,就将视频放到网上。此事对梁大领导造成了压力。谷墨再接再厉,在省教育厅门口,拦阻即将开会的梁大甄校长。他当场下跪,抱住校长的腿,号哭不止。校长又羞又怒,趁着众人围观,谷墨顺势撒出传单,进一步扩大事态。谷墨被教育厅保安拘走,在拘留所待了几天。甄校长也被厅领导呵斥。最后,以违反学校规定,合同期内无故旷工为由,谷墨被罚款五万元,开除出了梁大,人事关系转入人才市场,三个月后,又转入梁城师范大学。此事震撼了省学术界,自此教育厅专门下文,省内高校不能互相挖人才。

谷墨的人事关系被放走,导师没有乘势追击。按照导师在学界的地位,完全可以封杀谷墨,可导师长叹一声,不再提此事。此事源于金辉想撬导师的墙脚,恰逢谷墨在梁大不得志,便许以教授职称、一笔安家费,让他跳槽。谷墨也是天真,即便离开梁大,也不该拜入金辉团队,他不过想找个不错的平台,继续做学问。金辉带着谷墨,出现在各种学术场合,每次他都神采奕奕地介绍,谷墨,青年才俊,容焕余那个老浑蛋的学生,现在跟着我混……

谷墨出走后五六年,导师身体每况愈下,前年查出脑瘤。癌症摧垮了导师。几次手术后,导师迅速消瘦,变得迟钝冷漠、思维混乱、喜怒无常。他只信任晓菲,程济也得不到好脸色,甚至有传言,导师想让晓菲替代程济,出任国家级学科的学术带头人,只是导师晚年精力不济,此事才未成功。病中的导师,思绪常回到安徽老家,梦中说着难懂方言,手里模仿插秧动作。他有时也会想起下放过的甘肃某地,茫然地说,报告管教,339 号已装车完毕,请指示。

有段时间,他的身体好了些,坚持下午爬山,只是不再带门下弟子,仅让晓菲陪伴。据晓菲说,导师经常呆坐着,仰头望天,一言不发。导师的办公桌,还摆着谷墨博士毕业时,他俩照的合影。导师肯定想念谷墨,原谅了谷墨,甚至反思了自己的过错。只不过,他不承认,也不能承认。导师晚年还申请了一个重大项目。他的意思是,谷墨和程济、晓菲都是子课题负责人。导师很早就主持过国家"八五"工程重点项目,或许这只是导师的和解姿态,他希望谷墨回来。可惜的是,谷墨那边,并没有回应……

这次容门大聚会,大家都喝多了。我问程济,花圈是不是他送的,他没回答,红着眼说,不要把人想得那么蠢坏,不让大家送谷墨,自有原因。恩师离世,多少学界对手,暗中窥视,如今要团结,才能在"内卷"的学界,争得一席之地。容门大旗不倒,大家有饭吃!谷墨开了不好的头,我要让其他人看看,背叛师门,要受良心诅咒,没法在学界混!

程济斜斜瞟了眼几个坐立不安的师兄弟。他们都在高校教书。据说导师死后,他们马上与金辉建立了亲密联系。

酒席宴前,一片凌乱。我的酒意上涌,奔出酒店,躲在角落大口呕吐。孟力行也跑出来,笑着说,铜臭气加酸臭气,味道不好闻吧,一起走走?

我甩开他的手,没好气地说,您也是这盛宴的贵客,还是坚持到底吧。

我离开昊天大酒店,茫然地在母校游荡。孟师兄跟在我的身后。不知不觉,我们走到了后山,我有些尿急,寻了个清静之地,开始"放水"。孟力行也解开腰带,肆无忌惮地放出一线尿,事毕点起根烟,悠然地说,听说导师大限来临,最后说过一句话,不算遗嘱,但也是他的人生信条。他在给我们上的第一堂课,写在了黑板上。

我的眼前一亮,说,我们这一级上课,他也曾写过。

宁在直中取,不向曲中求!我们异口同声地喊出。

孟师兄揉揉鼻子,露出讥讽的笑容,说,口号是这样,但你们身在此山,雾里看花,全都是蠢。

这是何意?我不解地问。

孟师兄说,不论谷墨才华多高,也成不了。这根本不是导师喜欢程济还是谷墨的问题。导师还看不上程济那点家庭背景,也没那么庸俗!

那学术算什么?不是说学术乃天下公器?我说。

孟师兄嗤笑着，说，蛋糕就那么大，吃蛋糕的人越来越多，只有抱团取暖，谷墨不理解导师苦心，以为叛逃到金辉那里，会受重用？他不过是金辉打击导师的工具，贼子贰臣，从来都是利用过后，破抹布般被闲置，你们学历史出身，这道理不明白？

他又喷出一大口烟，说，程济和谷墨，不过是学术守墓人，谷墨为人激烈，也许能一鸣惊人，也许不能。程济比他沉稳，有深挖细耕的劲头，更适合当守墓人。师弟你更可怜了，不过是块丢在墓园外的碎石，连进墓园的资格都没有，请原谅，我就是这样直率。

我捏着拳，恨不得在这个冷酷的家伙脸上，打个开花，不知为何，却提不起力气。

哪个时代都不是学术的黄金时代，孟师兄继续说，难道导师流放边疆，想过学术能成大业？还是他在初中教了十几年书培养出了学术自信？除了时代大势，还要有坚韧不拔的毅力和卓绝的钻劲。谷墨做到了吗？他恃才傲物，心胸狭窄，且假装清高，似是不言名利，如果如此，又何必出走梁师大？

孟师兄盯着我，学生时代尖刻的"任我行"，似乎又回到他身上，满血复活。

孟师兄咂了下嘴，又说，换个角度看问题，路就宽阔了。这时代没人经得起推敲，你不行，我不行，谷墨也不行，为何要苛责导师？

我喃喃地说，换不了角度，一切不该这样，一切该有更好的结局……

孟师兄又着腰，眼中似有泪，他推开我，跑了几步，又颓然停下，气喘吁吁，仰头向天，怒吼着，贼老天！谁想这样？我又能怎样！

雨已停歇，月至半空，好似染黄的鸽卵。天空幽蓝澄净，后山的那条小路，夏虫暗鸣，杂草丛生，野花芬芳，皆沾满雨露，在月光下闪着微光，好一个自在世界。

抬眼望去，前面赫然是那座小亭。那里虽偏僻，但我们读书时，常到此闲逛，此地清幽僻静，不失为反省人生、参悟世界的好去处。小小凉亭，是导师受批斗的伤心之处，也是师门谈笑风生、畅谈学术的欢愉之地。头顶星光灿烂，那些历史的片段，那些形形色色的人，那些震天响起的口号声、同门打闹的欢笑声，似乎搅在一起，又微尘般消散了。

孟师兄说，该给这小亭起个名字。我说，就叫"余墨"吧。

孟师兄闭目想了想，点头说，典出自《宣和书谱》?

我说，还是师兄学问大，有这层意思，纪念导师和谷墨，还有，就是我们这些不合时宜的家伙。

孟师兄大笑，让我给他来上一段直播，看看网络作家的风采，也为纪念导师和谷墨，展现这最后的演出。我苦笑说，戏总要散场，我不过是历史说书人，既然师兄和导师、谷墨要听，就来一段吧。我摆开架势，讲了段"方苞夜探左光斗，名士气节冲霄汉"。小段子出自《左忠毅公逸事》，以我夸张的表演辅助，倒也颇有气势。

月光如酒,天地微醺,时光似乎倒流,我们都回到了青春勃发的岁月。孟师兄挠着秃头,大力吸了几口烟,才打开手机,抖抖地,帮我录着视频。我化身为数百年前,提着灯,深入大牢看望恩师的明代读书人。我的音调忽高忽低,手势不断变幻,孟师兄也不断为我喝彩。寂静的后山,回荡着两个油腻中年人傻兮兮的呼唤。

泪水又逃了出来。小亭的轮廓,也渐渐模糊,似有无数身影在晃动。我停下直播,发觉脚下有什么东西。踢了踢松软的泥土,借着亭下的月光,看到一条黑色的肥壮蚯蚓,奋力钻出地面,缓慢而富于热情地,沿着笔直的小路爬行而去……

心守星光，眼有余墨——
中篇小说《余墨》创作谈

作者 房伟

　　《余墨》是我的"高校知识分子"系列小说之一。岁月如梭，不舍昼夜，算起来，我已在高校工作了十几年，如果从读研究生算起，我从事学术研究也有二十年了。我曾写过一篇小说《格陵兰博士逃跑计划》，写了一个"文科超级博士"，记录我们这一代高校文科博士的成长反思。小说发表后，有些不认识的青年博士生找过来，加了我的微信。其中一个说，读这篇小说读到流泪。这让我感动，也感到了文学的意义。

学术曾拯救了我，让我离开纷乱的国企，在书斋中找到生命的意义。记得读研期间，第一次发表论文，看到自己稚拙的文字，居然登上刊物，变成铅字，激动得一晚没睡好觉；记得我和几个不同专业的硕士同学，端着茶杯，在阳台彻夜畅谈学术的激情。十几年过去了，这几个好友，有人在北京成了刊物主编，有人在上海当了教授，也有人在西南某地，远离学术圈是非荣辱，默默坚守着学术理想。今年春天，我去成都开会，和那位在西南的同学见面。十年未见，我远远看到，料峭春风之中，他独立街头，抽着烟，依然黑瘦如铁，沉默寡言。虽然他职称不高,学界名气不显,但这些年我看了他不少论文,也常电话联系,我依然固执地认为,他是古文字领域的优秀学者。

回首学术道路,总有那么多遗憾、不甘心,也有很多反省和自责。"高校青椒"日子不好过,面对世俗诱惑、物质压力,面对一些不公正的学术现象,我也曾虚荣过,自以为是过,也曾迷茫、痛苦,甚至随波逐流。记得刚留校那段时间,工资不高,背负沉重房贷,白天在几个校区奔波上课,晚上挑灯读书写作到深夜,儿子两次手术,手术费都凑不齐,只能找朋友借。那份痛苦无力之感,只能说"如鱼饮水,冷暖自知"。然而,困难都是软弱者的借口。人到中年，我常问自己，你对学术足够敬畏吗？以你的悟性和水平，已得到很多了，想看的书没看，想写的文章没写，却在无谓的事上浪费大量时间精力。你凭什么要求那么多？学术曾给予我智慧，也让我变得宁静，我想，即便现在写了很多小说，我也不会放弃学术。这条充满荆棘的路，我还想继续认真走下去，做出一点事情。

我写了很多高校题材小说，《余墨》没有"现实的模特"，纯属艺术虚构，但"两代学人"的"双葬"悲剧，却寄喻甚多。主人公谷墨，有很多性格缺点，可他执着于内心真实。他的不幸是一个偶然，也寄托了我的哀思。谷墨的导师，也寄托着我对前辈知识分子的尊重和反思。"双葬"不是终点，而是一个新起点。凤凰涅槃，有待后来者。高校也不是象牙塔，高校生活也是当代中国生活的一部分，我希望写出两代学者的理想，也不回避他们的问题与困境。目前的学术界，并不简单像世纪初时，面临经济大潮的冲击，而有更多"深层焦虑"。高校有钱了，也更冷酷了，学者都被无情卷入学术 GDP 考核机制，变成一个个学术机器。在"非升即走""末位淘汰"等层层考核之下，学术理想的坚守，要付出更多代价。这个过程中，无法适应高强度学术压力的人，无法适应学术体制的人，都无法在正常渠道内得到宽容，越来越严酷的就业环境，也让这种心理发生畸变。前年复旦大学发生的中青年教师杀害院系领导事件，就是这种压力的恶性发作。

然而，也有相反的例子。比如我那位西南的同学，依然默默坚守着学术。比如，未曾谋面的学者李硕。他和我是同龄人，但他即便身在高校，也能脱离樊笼，不惜燃烧生命，写出像《翦商》这样熔铸激情与思想的优秀之作，令吾辈汗颜。中青年学者，如何在当下环境内，找到安身立命的内心力量，更开放地面对世界，也是我想在小说中探索的主题之一。我还塑造了一个办自媒体的中年历史学者形象。他并非学术天才，但热爱学术，正直善良，以自媒体谋生同时，努力通过自己的方式，传达学术思考。这个人物同样赢得了我的尊重。不是每个学者都能成为学术大师，不是每个学者都要在高校才可以生存。无论在哪里，保持对知识和智慧的追求，保持对学术的尊重和内心敬畏，"余墨"般普通学者同样也是"发光的星星"。

七月份，告别毕业季，每年这个时候，做为一名导师，我都要送走自己的博士或硕士研究生，他们走入不同工作岗位，也会面对有关"学术有无意义""学术有啥用"这类问题。我的回答是："心守星光，眼有余墨"。我想把《余墨》这篇小说，献给所有喜欢学术、想"不计利害"地从事学术研究的青年学者，也献给所有追求理想的青年人，愿他们更勇敢，更有力量，也更有韧性——希望的星，总在荆棘与荒芜之中闪亮。

《余墨》的追问

作者 陈培浩

　　《余墨》是知名小说家、学者房伟新近发表的中篇小说，是房伟"高校知识分子系列小说"之一，讲述的正是当代高校人文知识分子的那些事儿。小说以网络历史写手周丹为叙事人，以容焕余和谷墨的"双葬"为线索，梁城历史学界的各色人等及学术纠葛悉数登场。其间，既有容焕余门下谷墨、程济、孟力行、高晓菲、周丹等人的不同人生故事；有梁大著名历史学权威容焕余与学术对手、梁师大的历史学权威金辉之间的学术门户之争；也有谷墨与程济这对同门不同的个性、情感和学术人生的对峙。小说人物及线索纷繁，内容取镜宽广，但又集于"双葬"之一线，繁而不乱。既十分好看，又有深意存焉。自《血色莫扎特》以来，房伟就追求将可读性融于严肃的思想主题中，《余墨》延续了这种追求，又有新的拓展。

"余墨"这个取名，表面上是将容焕余、谷墨两人之名各取一字，实则是有所寄托、有所追问的。墨与知识相通，此处则用于指称一种知识伦理。《余墨》揭开当下人文学界之一角，既是写故事，写人生，写抉择，也

是借墨而追思斯文。"斯文"一词，表面上是
"这一文章"，实则有着体面、教养、文明的
内涵。现实世界有千千万万的侧面，为何独
写知识分子的那些事儿？这不仅是因为作
者本人长期工作、生活于高校，入乎其内，
故能写之，更因为知识分子是寄托和维系
一个社会"斯文"的群体。小说呈现了当下
人文知识界的种种积弊：各个层级的知识
分子，多为各种项目、头衔、考核所困。或一
地鸡毛，或蝇营狗苟，学术理想的追求被转
换为学术利益的争夺。小说中，容焕余提着
贵重礼物穿梭于酒店拜会评审专家；葬礼
之上，景瑞"不失时机"（慌不择时）地拜托

"我"为其论文谋 C 刊,这些细节确实令人唏嘘。容焕余与景瑞,在学术场域中的地位相去千里,但这份斯文扫地又无可奈何,却是相通的。容焕余为梁大几代历史学人的心血计,那迎来送往、应酬玲珑中也有委曲求全、五味杂陈之感。至于景瑞,可能是学术底层了。正当葬礼现场,各色人等、熙熙攘攘之际,他竟有心思拜托这等"大事"。此处,《余墨》追问的实是:斯文沦丧,尚有余墨否?

令我感叹的还有,房伟也竟有这等心思,在叙事人周丹在挚友葬礼的百感交集中,递来另一份令人窒息的现实人生,遂令小说气象顿生。我们知道，很多小说家，只能写自己，不能写他人。这类小说家独擅第一人称叙事，不管写的是谁，都是写自己的故事。另有一类小说家，既能写自己，也能写他人，能写百态人生。我们虽不能完全否认自我书写类型的小说家的价值，但小说的大道，可能还是存在于那种能写人生百态的小说家那里。不过，就是这类小说家，也是有高下之分的。能写滔滔大潮者不在少数，但能于滔滔之中独见渺渺者，无疑更高。能写葬礼上之穿梭往来，各怀心事者或不在少。但于叙事人之审视、感伤之目光之中，执拗地递来另一种现实的声音，则说明作者活在复调，而非单一的声音中。他自知，所谓现实，就是声声不同，声声互否，声声互应。这一细节见出，房伟的小说，已进入另一层，隐约有着"红楼"韵味。

说回《余墨》的追问。我想它也并不只是悲怆的。罗杰·加洛蒂在《论无边的现实主义》中说："生活的意义……既作为一种强制的必然来经受，又由一种自由而孤独的选择的责任来承担的。"这番话和韦伯"所有的历史经验都表明，可能之事皆不可得，除非你执着于寻觅这个世界上的不可能之事"有异曲同工之妙。换言之，生活既属于规定性范畴，又属于可能性范畴。斯文委顿是一种现实，但并非一种绝对必然的现实。文学之为文学，正在于召唤对这种现实的超越。用房伟自己的话，便是"心守星光，眼有余墨"。《余墨》，便是对当代知识分子的生存现实和伦理责任的追问。